O livro branco

Han Kang

O livro branco

tradução
Natália T. M. Okabayashi

todavia

Eu 9
Ela 37
Toda a brancura 127

Palavras da autora 153

Eu

Na primavera, quando resolvi escrever sobre coisas brancas, a primeira coisa que eu fiz foi uma lista.

Cueiro
Roupa de recém-nascido
Sal
Neve
Gelo
Lua
Arroz
Onda
Magnólia-branca
Pássaro branco
Sorrir brancamente
Papel branco
Cão branco
Cabelo branco
Sudário

A cada palavra que escrevia, estranhamente, meu coração se agitava. Eu queria mesmo escrever este livro e senti que o processo traria alguma mudança. Era algo de que eu precisava, como uma pomada branca para passar num machucado, como uma gaze branca para enfaixá-lo.

Porém, depois de alguns dias, reli a lista e pensei: o que significaria olhar mais de perto essas palavras?

Ao esfregá-las no coração, as frases fluiriam, como o som triste ou estranho emitido pela corda de metal de um arco ao ser puxada. Será que estaria tudo bem se eu me escondesse entre essas frases cobertas de gaze?

Já que era difícil responder à pergunta, posterguei o início do projeto. Em agosto, eu me mudei para a capital de um país desconhecido e passei a morar de aluguel por um breve período. Certa noite, passados quase dois meses, quando a temperatura começava a cair, senti uma enxaqueca familiar, mas ainda assim bem-vinda, como uma amiga desagradável. Enquanto engolia os comprimidos com ajuda de água morna num copo, percebi (calmamente) que, no fim das contas, não era possível tentar me esconder em lugar algum.

Existem momentos em que a passagem do tempo é percebida de forma aguçada, em especial quando se experimenta a dor física. A enxaqueca, que surgiu sem mais nem menos quando eu tinha meus catorze anos, com a cólica, interrompeu minha vida cotidiana. Enquanto eu parava o que estava fazendo e aguentava a dor, cada gota de tempo que caía era uma conta feita de várias lâminas. Ao passar a ponta dos dedos nelas, era como se meu sangue escorresse. Inspirava o ar e sentia claramente que viveria por mais um momento. Mesmo tendo voltado para minha vida rotineira, a sensação continua naquele lugar, parada, em pé, à minha espera.

Seguimos em frente na beira do precipício invisível que se renova minuto a minuto. Ao fim desse tempo que vivemos, damos um pequeno passo e, sem interferência ou hesitação, pisamos no ar com o outro pé. Não porque somos especialmente corajosos, mas sim porque não há outra alternativa. Neste momento, também sinto esse perigo. Caminho imprudentemente em direção ao tempo que ainda não vivi e ao livro que não escrevi.

Porta

Isso aconteceu há muito tempo.

Antes de assinar o contrato, olhei mais uma vez para aquele apartamento.

A porta de ferro, que originalmente era branca, havia desbotado com o tempo. Estava suja, a tinta descascada em vários lugares que, por sua vez, estavam todos enferrujados. Se isso fosse tudo, seria lembrada apenas como uma porta velha e suja. A questão era a forma como o número "301" foi escrito.

Alguém — provavelmente uma das pessoas que alugava o imóvel antes — gravou os números na superfície da porta usando um objeto afiado, algo como uma verruma. Segui os traços, analisando-os com atenção. O 3, grande e angular, do tamanho de três palmos. O 0, que, embora fosse menor, tinha o desenho mais reforçado e era o primeiro número a atrair os olhos. Por último, o 1 longo e entalhado de forma mais profunda do que os outros. A ferrugem vermelho-escura se espalhava nas linhas agressivas retas e curvas da ferida como se fossem manchas de sangue antigas. *Eu não cultivo nada. Nem o lugar onde moro, nem a porta que abro e fecho todos os dias, nem mesmo minha vida, droga.* Os números me encaravam com os dentes cerrados.

Aquela era a porta do apartamento que eu pretendia alugar, o local em que eu pretendia passar meus dias a partir daquele inverno.

No dia seguinte, desfiz a mala e comprei uma lata de tinta branca e um pincel. Viam-se manchas grandes e pequenas nas paredes da cozinha e do quarto, que não eram revestidas por papel de parede. Havia manchas escuras, em especial ao redor dos interruptores. Vesti uma calça de moletom cinza-clara e um velho suéter branco para que a tinta não ficasse tão evidente caso respingasse, e então comecei a pintar. Desde o início, não era minha pretensão concluir a tarefa da maneira mais perfeita e organizada. *Mesmo que fique manchado, é melhor ter manchas brancas do que de sujeira, não é?* E com essa indiferença peguei o pincel e o passei apenas nos pontos sujos. As enormes manchas no teto, causadas em algum momento pela água da chuva que vazara, foram removidas pelo branco. Usando um pano molhado, esfreguei a parte suja de dentro da pia marrom-clara e depois a pintei com a tinta branca como a neve.

Por último, comecei a pintar o lado de fora da porta de entrada feita de ferro. A cada pincelada por cima das diversas cicatrizes da superfície, a sujeira era apagada. Os números entalhados pela ferramenta desapareceram. A ferrugem, que se parecia com manchas de sangue, sumiu. Entrei no apartamento para descansar e, após uma hora, logo que saí, vi que a tinta estava borrada. Por eu ter usado um pincel em vez de um rolo, as marcas eram notáveis. Depois de reaplicar uma camada grossa de tinta para que as pinceladas não ficassem visíveis, entrei no apartamento. De novo, após uma hora, arrastei meus chinelos para fora para ver como tinha ficado, e estava nevando. Antes que me desse conta, o beco havia escurecido. As luzes dos postes ainda não tinham sido ligadas. Parei em pé, um pouco inclinada para a frente, segurando o pincel e a lata de tinta, um em cada mão. Observei, com uma expressão vazia, o movimento dos flocos de neve que caíam lentamente, como se fossem centenas de penas se espalhando.

Cueiro

Um recém-nascido está firmemente envolto por um cueiro branco como a neve. O útero era um lugar tão apertado e quentinho, por isso a enfermeira fez um embrulho justo no corpo do bebê, para que ele não ficasse assustado com a mudança repentina de estar naquele espaço amplo e sem limites.

Uma pessoa que agora respirava pela primeira vez com seus pulmões. Uma pessoa que não sabe quem é nem onde está, e que há pouco não fazia ideia do que tinha começado. O mais filhote dentre os filhotes de animais, mais indefeso do que um passarinho ou um cachorro recém-nascidos.

A mulher, lívida por causa da grande perda de sangue, olha para o rosto choroso do bebê. Desconcertada, ela o pega com o cueiro e o abraça. Uma pessoa que ainda não sabe fazer parar aquele choro. Uma pessoa que até alguns momentos atrás passava por uma dor absurda. Subitamente, o bebê para de chorar. Deve ser por causa de algum cheiro. Ou porque os dois ainda estavam conectados. Os olhos do recém-nascido, pretos e incapazes de enxergar, voltam-se para o rosto da mulher — na direção de onde vem a voz dela. Continuando sem saber o que começaria, os dois ainda estavam conectados. No silêncio circundado pelo cheiro de sangue. O cueiro branco posto entre os dois corpos.

Roupa de recém-nascido

Minha mãe me contou que seu primeiro bebê morreu duas horas depois de ter nascido.

Era uma menina com o rosto branco como um bolinho de arroz em forma de lua. Por ser uma bebê prematura de sete meses, seu corpo era pequenino, mas os olhos, o nariz e a boca eram definidos e bonitos. Ela disse que nunca conseguiria esquecer o momento em que a bebê abriu os olhos negros e olhou para seu rosto.

Naquela época, minha mãe morava no interior, numa casa isolada, junto com meu pai, que havia sido designado professor de uma escola de ensino fundamental I. Faltava bastante tempo até a data prevista para o parto, por isso minha mãe não estava preparada quando, certa manhã, a bolsa se rompeu de repente. Não havia ninguém por perto. O único telefone da vila era o da lojinha na frente do ponto de ônibus, que ficava a vinte minutos de caminhada. Ainda faltavam mais de seis horas para o fim do expediente do meu pai.

Era o início do inverno, e a primeira geada caía. Minha mãe, com seus vinte e dois anos, rastejou até a cozinha e ferveu água para desinfetar a tesoura, conforme tinha ouvido falar em algum lugar. Procurou dentro da caixa de costura e encontrou um tecido branco que serviria como roupinha para o recém-nascido. Sentindo as contrações e o medo, ela costurava enquanto as lágrimas escorriam. Terminou a peça, pegou um lençol para usar como cueiro, e a dor voltava a intervalos, mais intensa e mais rápido.

Por fim, deu à luz. Sozinha, cortou o cordão umbilical. Vestiu a roupa que acabara de fazer naquele corpo pequenino manchado de sangue. Por favor, não morra. Com uma voz fina, ela murmurava sem parar. Ao mesmo tempo, abraçava a bebê do tamanho de um palmo que chorava. Depois de uma hora, as pálpebras da bebê, que a princípio estavam bem fechadas, abriram-se como se fosse mentira. Seus olhos encararam aqueles olhos pretos e ela murmurou outra vez. Por favor, não morra. Cerca de uma hora depois, a bebê morreu. Deitadas lado a lado, ela acalentou no peito a bebê morta, sentindo aquele corpo esfriar aos poucos. Não derramou mais nenhuma lágrima.

Bolinho de arroz em forma de lua

Na primavera passada, alguém me perguntou: "Quando você era criança, teve alguma experiência que te aproximasse da tristeza?". Estávamos gravando um programa de rádio.

Naquele instante, o que me veio à mente, de súbito, foi aquela morte. Cresci dentro daquela história. O mais indefeso de todos os filhotes de animais. A linda bebê, branca como um bolinho de arroz em forma de lua. A história de como nasci e cresci no lugar da morte dela.

Eu me perguntava o que seria "branco como um bolinho de arroz em forma de lua". Então, por volta dos seis anos de idade, de repente eu entendi, ao preparar os bolinhos do tipo *songpyeon*. A massa de arroz, puramente branca, era sovada e moldavam-se os pedaços no formato de meia-lua. Antes de serem cozidos no vapor, eram tão belos que nem sequer pareciam coisa deste mundo. No entanto, a imagem dos bolinhos de arroz dispostos no prato enfeitado com folhas de pinheiro era algo decepcionante. É claro que eram saborosos, os bolinhos que brilhavam com o óleo de gergelim depois de terem sua cor e textura alterados pelo calor do vapor da panela, mas eram muito diferentes da massa de arroz deslumbrante e graciosa de antes.

Naquele instante pensei que, quando minha mãe se referia ao "bolinho de arroz em forma de lua", era ao bolinho antes de ser cozido. Um rosto imaculado daquela maneira. Então, senti um aperto na boca do estômago como se fosse esmagada por um ferro.

Na primavera passada, no estúdio de gravação, não mencionei esse assunto. Em vez disso, contei sobre um cachorro que tive quando criança. Ele morreu no inverno, quando eu tinha cinco anos. Era um vira-lata branco excepcionalmente inteligente, uma cruza da raça jindo. Eu ainda tinha uma foto em preto e branco de nós dois carinhosamente juntos, mas era estranho o fato de eu não ter a lembrança dele vivo. A única coisa clara era a memória da manhã em que ele morreu. Pelos brancos, olhos negros e o focinho ainda molhado. Daquele dia em diante, passei a não gostar de cães. Tornei-me o tipo de pessoa que não consegue esticar a mão para afagar o pescoço nem o lombo deles.

Nevoeiro

Por que memórias antigas surgem com frequência nesta cidade desconhecida?

Quando ando pelas ruas, as pessoas que passam por mim conversando e as placas com palavras escritas são quase incompreensíveis. Andando entre os pedestres como uma sólida ilha em movimento, às vezes sinto que meu corpo é uma prisão.

Todas as memórias do que passei na vida estão isoladas e seladas junto à minha língua materna, de forma inseparável. Quanto mais teimoso o isolamento, mais vívidas se tornam as memórias inesperadas. E o peso delas se torna ainda mais opressor. Assim, no verão passado parecia que, na verdade, o lugar para onde eu estava fugindo não era outra cidade, mas sim o interior de mim mesma.

A cidade está desaparecida no nevoeiro da madrugada.

Os limites entre o céu e a terra sumiram. Da janela, avistava dois álamos na rua, a quatro ou cinco metros de distância. Seus contornos são pretos como tinta e suas figuras se revelam de forma vaga; todo o resto é branco. Não, será que é possível dizer que aquilo é branco? A movimentação daquela gigantesca e ondulante água que transita em silêncio entre este mundo e o outro, cada partícula gelada carregando uma escuridão úmida e profunda.

Lembro-me de certa manhã, numa ilha, há muito tempo, quando a neblina estava tão densa quanto esta. Junto a um grupo de turistas, eu andava pelo trajeto no penhasco da praia. Os pinheiros da costa ora pareciam nítidos, ora não. O precipício íngreme e cinzento. As outras pessoas do grupo olhavam para baixo, observando o mar negro oscilando sob a neblina. De forma incomum, os corpos vistos de costas pareciam sinistros. No entanto, na tarde do dia seguinte, fiz o mesmo caminho e percebi como a paisagem era comum. O lugar que achei ser um misterioso brejo era uma poça seca repleta de poeira. Os pinheiros, que pareciam algo de outro mundo quando não nítidos, estavam para além do arame farpado, plantados de maneira alinhada. O mar, com seu azul intenso, era belo feito uma foto de cartão-postal. Tudo dentro dos seus limites, apenas aguardando ansiosamente. À espera do próximo nevoeiro.

O que fazem os fantasmas desta cidade numa madrugada tomada por um nevoeiro tão denso?

Andam sem fazer barulho, passeando pelo nevoeiro que aguardava, prendendo a respiração?

Cumprimentam-se usando sua língua materna, a qual desconheço, pelas brechas entre as partículas de água que branqueiam suas vozes? Acenam com a cabeça ou, quem sabe, balançam-na sem dizer uma palavra?

A Cidade Branca

Vi as imagens daquela cidade registradas por uma aeronave militar americana na primavera de 1945. Isso foi na sala de projeções, no primeiro andar do memorial construído na Zona Leste da cidade. A legenda do filme informava que, durante os seis meses após outubro de 1944, noventa e cinco por cento da cidade havia sido destruída. Aquela cidade foi a única da Europa a se revoltar contra os nazistas, e durante o mês de setembro de 1944 conseguiu conquistar sua autonomia ao expulsar o Exército alemão. Hitler, então, ordenou que fossem usados todos os meios possíveis para exterminar a cidade, para que ela servisse de exemplo.

Quando o primeiro vídeo começou, a cidade vista de um ponto alto parecia coberta de neve. Uma neve branca e cinza, ou uma camada de gelo onde um pouco de fuligem havia caído, deixando tudo salpicado de manchas. O avião diminuiu a altitude, e a imagem da cidade ficou mais próxima.

Não era uma cobertura de neve nem gelo com fuligem. Todos os edifícios haviam desmoronado, tinham sido destroçados. Acima da luz branca dos escombros, os vestígios pretos deixados pelo fogo continuavam tão longe quanto os olhos podiam alcançar.

Naquele dia, peguei o ônibus de volta para casa e desci no parque onde ouvi dizer que há muito tempo existira um castelo. Depois de caminhar um bom tempo pelo bosque consideravelmente grande do parque, encontrei o antigo prédio de um hospital. O edifício, que havia sido destruído por um ataque aéreo em 1944, foi restaurado à sua forma original e passou a ser usado como uma galeria de arte.

Caminhei ao longo da trilha estreita com árvores grossas e seus inúmeros troncos entrelaçados. Podiam-se ouvir pássaros de canto agudo que lembrava o das cotovias. Então, me dei conta de algo. Todos aqueles elementos um dia haviam estado mortos. As árvores e os pássaros, os caminhos, as ruas, as casas e os bondes, e todas as pessoas.

Portanto, na cidade não havia nada cuja existência ultrapassasse setenta anos. Os fortes, o magnífico palácio da parte antiga da cidade e a residência de verão da realeza, que ficava à beira de um lago numa área afastada do centro, são todos falsos. São construções novas que foram restauradas persistentemente com base em fotos, desenhos e mapas. Em alguns casos, quando alguma coluna ou a parte inferior de uma parede havia resistido, ela foi ligada a uma nova estrutura pela lateral e por cima. Os limites que dividem a antiga parte inferior e a nova parte superior, e as linhas que testemunham a destruição, ficam expostos de forma evidente.

Esse foi o dia em que pensei sobre aquela pessoa pela primeira vez.

Ela, que carrega o mesmo destino que a cidade. Que no passado morreu ou foi destruída. Que se reconstruiu sozinha com perseverança sobre os escombros enegrecidos pelo fogo. Que, portanto, é uma nova pessoa. E que passou a ter uma estranha imagem, a junção de algo claramente novo construído por cima das colunas e bases de pedra que sobreviveram.

Alguns objetos no escuro

No escuro, alguns objetos parecem brancos.

Quando uma luz fraca escapa na escuridão, mesmo aquilo que não era tão branco emite um brilho pálido.

À noite, abro o sofá-cama num canto da sala e me deito com as luzes apagadas. Em vez de tentar dormir, sinto o tempo passar dentro daquela luz pálida. Observei o formato das árvores do lado de fora da janela que oscilavam na parede branca de gesso. Refleti bastante sobre o rosto dela — da pessoa que se parecia com a cidade. Esperei até que os contornos e a expressão gradualmente ficassem nítidos.

O lado com luz

Li a história real de um homem que afirma ter vivido a vida inteira com o espírito do irmão mais velho, que morreu aos seis anos no gueto judeu daquela cidade. Obviamente era impossível, mas o texto tinha sido escrito de maneira tão séria que era difícil descartar essa possibilidade. Uma voz de criança vinha procurá-lo de tempos em tempos. Não tinha forma nem textura. Mas ele não sabia a língua daquele país, e nem mesmo que tinha um irmão mais velho, pois fora adotado e criado por uma família belga. Por isso, só conseguia pensar que tudo era um sonho lúcido que infelizmente se repetia, ou um sintoma de delírio. Tardiamente, aos dezoito anos, ele soube a história da sua família e começou a estudar o idioma daquele país para que pudesse entender o que a alma lhe dizia. Dessa maneira, ele soube que o irmão criança ainda sentia medo. Também que ele gritava, repetindo algumas palavras tomadas pelo terror, as mesmas que havia dito logo antes de ser preso pelos soldados.

Depois de ler a história, passei vários dias sem dormir direito. Não queria imaginar os últimos momentos de uma criança de seis anos que foi assassinada. Certa madrugada, quando meu coração finalmente se apaziguou, algo veio à minha mente. No meu caso, se a primeira filha da minha mãe, que viveu por duas horas, viesse me visitar de tempos em tempos, não teria como eu saber. Porque ela não teve tempo de aprender nenhuma língua. A bebê tinha aberto os olhos por uma hora e olhado em direção à nossa mãe, porém seu nervo óptico ainda não era funcional e por isso não pôde enxergar aquele rosto. Escutou apenas uma voz. *Não morra. Por favor, não morra.* As palavras que não podia compreender vieram na única voz que escutou.

Portanto, não havia como confirmar nem negar se de vez em quando ela vinha me procurar. Nem se ela ficava perto da minha testa ou no canto dos meus olhos por uns instantes. Nem se entre as sensações e sentimentos vagos que senti na infância, alguns vinham dela sem que eu soubesse. Pois há momentos, deitada no quarto escuro, em que o frio é como uma presença. *Não morra. Por favor, não morra.* Ela olhou em direção à voz indecifrável de sofrimento e amor, em direção à luz vacilante e ao calor do corpo. Talvez eu também tenha aberto meus olhos no escuro e olhado.

Leite materno

A mulher de vinte e dois anos está deitada sozinha no seu quarto. Era uma manhã de sábado, a primeira geada ainda não havia derretido. O marido de vinte e cinco anos foi até a montanha atrás da casa levando consigo uma pá para enterrar a bebê que nasceu no dia anterior. Os olhos dela mal se abrem por causa do inchaço. As articulações por todo o corpo e o nó dos dedos estavam doloridos. Por um momento e pela primeira vez, ela teve uma sensação de calor no peito. A mulher se sentou e apertou o seio, desajeitada. Primeiro, escorreu um leite aguado e amarelado, depois um leite branco.

Ela

Penso nela sobrevivendo e se alimentando do leite materno.

Penso na sua respiração persistente e em seus lábios se movendo e sugando o leite.

Penso nela desmamando, crescendo, alimentando-se de mingau de arroz. E depois, mesmo ao se tornar adulta, passando por várias crises, mas sempre as superando.

Penso na morte passando ao lado dela, e ela sempre virando as costas e seguindo em frente.

Não morra. Por favor, não morra.

Porque essas palavras estavam gravadas no seu corpo como um amuleto.

E penso nela vindo para cá em vez de mim.

Para esta cidade tão familiar quanto estranha, que se assemelhava à sua vida e sua morte.

Vela

Sendo assim, ela caminha pelo centro desta cidade. Vê parte de uma parede de tijolos erguida num cruzamento. No processo de restauração de um antigo edifício destruído pelo bombardeio, a parede usada pelo Exército alemão para fuzilar os cidadãos foi removida e reconstruída a aproximadamente um metro adiante. As informações sobre o fato estavam gravadas numa placa baixa. Diante dela haviam colocado um vaso de flores, e diversas velas brancas estavam acesas.

Um nevoeiro cobria a cidade. Não tão espesso quanto o da madrugada, mas ainda assim translúcido como papel vegetal. Se um vento forte soprasse e de súbito removesse o nevoeiro, talvez as ruínas de setenta anos atrás ficassem aturdidas e revelassem sua forma no lugar da construção nova.

Os fantasmas se agrupariam bem perto da mulher, todos em pé contra o muro onde foram assassinados, e com os olhos brilhando.

Entretanto, não há vento. Nada se revela ao ser pego de surpresa. A cera branca e quente das velas escorre. Elas diminuem conforme seus corpos são empurrados para a chama do pavio branco, desaparecendo pouco a pouco.

Agora te darei algo branco.

Ainda que sujo, continua sendo branco.
Entregarei apenas coisas brancas.

Não irei mais me perguntar

Se deveria te entregar esta vida.

Ela

Geada

A geada se forma na janela que não vedava totalmente o ar. Era o meio do inverno, aquele padrão de branco congelado lembrava um rio ou um riacho. O escritor Pak Taewon disse que, quando sua primeira filha nasceu, ele olhou pela janela e escolheu o nome que daria à bebê: Seol-yeong. Flor da neve.

Uma vez, quando estava muito frio, ela viu o mar congelado. Era um mar particularmente calmo, com águas rasas, e as ondas congelavam desde a costa. Enquanto caminhava, ela viu a cena composta do que parecia ser diversas camadas de flores brancas que pararam no tempo ao desabrochar, e de peixes de escamas brancas congelados e dispersos na areia. As pessoas daquela região dizem que em dias assim "o mar está coberto de geada".

Gelo

No dia em que ela nasceu, não foi a neve que apareceu, foi a primeira geada, porém o pai pôs no nome dela o caractere *seol*, que significa "neve". Ao crescer, ela era mais sensível às temperaturas baixas do que outras pessoas, e ressentia-se do frio contido no seu nome.

Mas ela gostava de pisar no solo coberto pela geada e de sentir a terra quase congelada passando pela sola dos tênis até a planta dos pés. A primeira geada, ainda intacta, sem que ninguém tenha pisado, é como um sal delicado. A partir do momento em que a geada começa a se formar, os raios de sol se tornam um tanto mais pálidos. Vapor branco sai da boca das pessoas. As árvores perdem as folhas e aos poucos ficam mais leves. Objetos maciços como pedras ou edifícios parecem sutilmente mais pesados. Vistos de costas, homens e mulheres com seus sobretudos são permeados por um pressentimento silencioso, aquele de pessoas que estão prestes a enfrentar alguma coisa.

Asa

Foi na periferia daquela cidade que ela viu uma borboleta. Uma borboleta branca que repousava com as asas fechadas ao lado de uma plantação de caniço, em uma manhã de novembro. O verão já tinha passado, então não era possível encontrar borboletas, mas onde aquela estivera durante todo o tempo para conseguir resistir? Desde a semana anterior, a temperatura havia caído drasticamente, e talvez nesse período suas asas houvessem congelado e descongelado algumas vezes, o que apagou o brilho branco que tinham, deixando algumas partes quase transparentes, a ponto de refletirem a terra preta do chão. Passando mais um pouco de tempo, todas as partes restantes também ficariam transparentes. As asas se tornariam cada vez mais coisas que não eram asas, e a borboleta se tornaria cada vez mais algo que não era uma borboleta.

Punho

Andando pelas ruas da cidade até que as panturrilhas ficassem doloridas, ela esperou. Por algo na sua língua materna, ou que algumas palavras surgissem de forma inesperada por debaixo da sua língua. Pensou que talvez pudesse escrever sobre a neve. Isso porque diziam que naquela cidade nevava durante metade do ano.

Ela manteve os olhos atentos para a chegada do inverno. Analisava as vitrines das lojas, suas superfícies ainda sem o brilho do gelo fino espalhado sobre elas. Os cabelos dos pedestres que ainda não estavam cobertos de neve. As formas oblíquas que ainda não eram flocos de neve e que passavam raspando pela testa e pelos olhos dos desconhecidos. Seus pálidos punhos, que se tornavam mais frios conforme se cerravam.

Neve

Quando a neve grossa cai na manga do casaco preto, é possível examinar os cristais de um floco a olho nu. Levou apenas de um a dois segundos para que aquela forma hexagonal misteriosa derretesse, desaparecendo por completo. Ela pensa naquele curto espaço de tempo em que ficou observando a cena em silêncio.

Quando a neve começa a cair, as pessoas param o que estão fazendo e olham um pouco para ela. Se estão no ônibus, levantam a cabeça e olham pela janela por um momento. Quando a neve se dispersa sem barulho, sem qualquer forma de alegria e tristeza, e finalmente dezenas de milhares de flocos de neve apagam a rua em silêncio, há pessoas que deixam de observar a cena, virando o rosto em outra direção.

Flocos de neve

Há muito tempo, tarde da noite, ela viu um homem desconhecido deitado embaixo de um poste. Será que ele tinha caído? Ou
estava bêbado? Ela devia chamar uma ambulância? Enquanto se
mantinha em alerta, incapaz de tirar os olhos da cena, o homem
se sentou e olhou vagamente na sua direção. Ela recuou assus-
tada. Ele não parecia ser uma pessoa violenta; entretanto, era
meia-noite e o beco estava quieto e deserto. Ela foi andando a
passos curtos e ágeis, dando as costas para ele, mas de repente
se virou. Ele continuava sentado torto na calçada fria, encarando
fixamente a beira do muro sujo no lado oposto.

Quando ele se deu conta de que estava desperdiçando tempo
de vida, naquela situação em que se encontrava, levantou-se
com o apoio das mãos dormentes,
quando se deu conta de que não queria voltar para aquela
casa horrível, repleto de solidão,
pensou o que era aquilo, que diabos era aquela
neve branca suja que caía.

Os flocos de neve se dispersam.
No ar escuro que as luzes do poste não alcançam.
Acima dos galhos pretos e silenciosos.
Na cabeça baixa dos pedestres que caminham.

Neve eterna

Certa vez, ela chegou a pensar que gostaria de viver num lugar onde pudesse avistar neve eterna. Uma montanha distante, onde sempre haverá gelo no topo, enquanto as árvores próximas da janela mudam seu físico da primavera ao verão, do outono ao inverno. Fria como as mãos dos adultos tocando sua testa para saber se estava com febre na época da infância.

Ela assistiu a um filme em preto e branco gravado ali em 1980. O protagonista perdia o pai aos sete anos de idade e era criado pela mãe, uma pessoa de personalidade tranquila. (O jovem pai de apenas vinte e nove anos se envolvera num acidente enquanto escalava os Himalaias com os colegas, e seu corpo nunca tinha sido encontrado.) Ao atingir a idade adulta, o homem deixava a casa da mãe, passando a viver de acordo com um rígido código ético. Por isso, toda vez que tomava uma decisão, a imagem sufocante da neve caindo nos Himalaias invadia seus olhos. Sempre tinha de fazer escolhas que seriam difíceis para qualquer um e, como resultado, sofria constantemente. Numa época de corrupção desenfreada, só ele não aceitava subornos, e por isso foi levado ao ostracismo pelos colegas, chegando até ao ponto de ser fisicamente atacado. No fim, ele caía numa cilada, era dispensado do trabalho e voltava sozinho para casa. Absorto em pensamentos, os cumes e ravinas das montanhas distantes enchiam seu campo de visão. O lugar aonde não conseguiria ir. A terra do gelo, onde o corpo do seu pai estava escondido para sempre e os seres humanos não podiam entrar.

Onda

Ao longe, a superfície da água se eleva. De lá se aproxima o mar de inverno. Vigorosamente, vem o fluxo de água. No instante em que a altura da onda atinge seu ápice, ela se quebra e se torna branca. A água desliza pela areia e recua.

Em pé nessa divisa onde a costa e a água se encontram, observando o movimento das ondas, que parece se repetir eternamente (mas na verdade essa eternidade não existe — a Terra e o sistema solar irão desaparecer), é possível sentir de forma nítida que nossa vida não passa de instantes.

A cada vez que quebravam, as ondas ficavam espetacularmente brancas. As correntes tranquilas no mar distante são como escamas de incontáveis peixes. Dezenas de milhares de brilhos estavam ali. Dezenas de milhares de giros e voltas (mas nada é eterno).

Granizo

A vida não é particularmente gentil com ninguém. O granizo cai enquanto ela caminha sabendo desse fato. Granizo que molha a testa, as sobrancelhas e as bochechas. Tudo passa. Ao andar, ela se lembra de que, no fim, tudo que você agarra usando todas as forças vai desaparecer. Enquanto isso, o granizo cai. Não é chuva nem neve. Não é gelo nem água. Mesmo que ela feche ou abra os olhos, mesmo que fique parada ou ande depressa, o granizo umedece suas sobrancelhas e sua testa.

Cão branco

O que é, o que é? É um cachorro, mas não late.

Ela era criança quando ouviu essa charada pela primeira vez. Agora não se recorda mais onde ou de quem ouviu.

No verão em que tinha vinte e quatro anos, quando se demitiu do primeiro emprego e voltou a morar com os pais, ela viu um cachorro branco no quintal do vizinho. Até então, ali vivia um cão violento da raça tosa. Ele costumava latir e correr para a frente, a coleira apertando ao máximo seu pescoço. Era como se ele fosse atacar a pessoa e mordê-la caso a corrente no seu pescoço se soltasse ou quebrasse. Temendo o ar assassino do cachorro, mesmo sabendo que ele ficava amarrado, ela sempre se mantinha o mais longe possível quando precisava passar pelo portão.

Agora, amarrado no lugar do tosa, havia um vira-lata mestiço de jindo. Sua pele rosa-clara ficava à mostra nas falhas do tamanho de moedas que se espalhavam pelo seu corpo, pela pelagem branca sem brilho. Aquele cachorro não latia nem rosnava. Na primeira vez que os olhos dele se cruzaram com os dela, no mesmo instante o animal recuou assustado, arrastando no cimento a coleira presa ao redor do pescoço. Era agosto e o sol estava escaldante. Talvez pela onda de calor, não havia uma única pessoa nas ruas do vilarejo. O silêncio era quebrado pelo barulho das correntes toda vez que o cachorro se assustava e recuava. Os dois olhos negros do animal olhavam na direção dela. Cada vez que ela fazia um movimento, mais amedrontado ele ficava, abaixando ainda mais o corpo e recuando, acompanhado do som das correntes.

Não tirava os olhos do rosto dela nem por um segundo. Terror. Ela identificou que os olhos expressavam terror.

À noite, perguntou para a mãe sobre aquele cachorro, e ela respondeu:

"O dono está pensando em vender o cachorro de novo porque ele não late quando alguém se aproxima e só fica tremendo. E se um ladrão aparecer?"

O cachorro sempre tinha medo dela. Uma semana depois, mesmo até no último dia em que ela ficou em casa, o animal não havia se acostumado e, quando a avistava, se abaixava e recuava. Torcia os flancos e o pescoço como se estivesse sendo estrangulado. Parecia estar ofegante, mas nem mesmo esse som podia ser ouvido. A única coisa que se escutava era o barulho baixo da corrente sendo arrastada pelo chão de cimento. Mesmo ao ver a mãe dela, cujo rosto ele já conhecia havia vários meses, o animal se encolhia. Está tudo bem, tudo bem. Com o tom de voz baixo e suave, ela passava na frente dele. Murmurava, estalando a língua: "Ele deve ter sofrido muito".

O que é, o que é? É um cachorro, mas não late.

A resposta sem graça para essa charada é: nevoeiro.

Por isso, o nome daquele cachorro passou a ser Nevoeiro para ela. Um cão grande, branco e que não latia. Que lembrava o jindo branco da infância, uma memória distante e vaga.

No inverno do ano em que ela voltou outra vez para a casa dos pais, Nevoeiro não estava mais lá. Acorrentado, um buldogue pequeno e marrom rosnou firmemente na sua direção.

"O que houve com aquele outro cachorro?"

A mãe balançou a cabeça.

Embora o dono quisesse vender o animal, não conseguia aguentar ter de se separar dele. O verão passou, a geada veio e de repente ficou frio e o cachorro morreu. Ele não emitiu nenhum som, ficou prostrado lá... Adoeceu e por três ou quatro dias não comeu nada.

Nevasca

Há alguns anos, houve um alerta de forte nevasca. A cidade de Seul era atingida pela grande quantidade de neve, e ela caminhava sozinha por uma ladeira. Usou um guarda-chuva, mas não adiantou. Não conseguia nem abrir os olhos direito. Continuou caminhando, indo contra os flocos de neve que rodopiavam com violência contra seu corpo e rosto. Era algo que ela desconhecia. O que diabos era aquilo? Essa coisa fria e hostil? Que ao mesmo tempo era frágil e desaparecia, essa coisa esmagadoramente maravilhosa?

Cinzas

No inverno daquele ano, ela e o irmão mais novo fizeram uma viagem de carro por seis horas, descendo até as praias ao sul. Levaram a urna com as cinzas da mãe para um ossário, e o pequeno templo com vista para o mar distante guardaria sua alma. Toda madrugada, os monges budistas chamariam pelo nome da mãe e entoariam os sutras. No dia do nascimento de Buda, fariam uma lanterna de papel e a acenderiam para ela. Perto daquela luz e daquele som, as cinzas da mãe permaneceriam tranquilas dentro de uma gaveta de pedra.

Sal

Certo dia, ela analisou com atenção um punhado de sal grosso. As partículas curvilíneas em tons de branco com partes cinza tinham uma beleza gelada. Deu-se conta de que aquele material tinha em si o poder de não deixar que algo apodrecesse, o poder de esterilizar e curar.

Anteriormente, ela já havia passado pela experiência de pegar sal na mão machucada. Se o primeiro erro foi ter cortado a ponta do dedo enquanto cozinhava, o segundo e pior erro foi não enfaixar o machucado e pegar o sal. Foi então que ela aprendeu qual era a sensação real da expressão "jogar sal na ferida".

Depois de um tempo, ela viu a fotografia de uma instalação artística em que havia um monte de sal e os visitantes podiam pôr os pés descalços nele. Era um espaço com uma cadeira preparada na qual a pessoa se sentava, tirava os calçados e as meias e, depois, pousava os dois pés no monte de sal, podendo ficar sentada o tempo que quisesse. A sala da exposição estava escura na foto, o único lugar onde a luz incidia era no topo do monte de sal, que era um pouco mais alto do que uma pessoa. A visitante, cujo rosto estava coberto pelas sombras, sentava-se na cadeira com os pés descalços no declive do monte. Talvez porque estivesse há muito tempo assim, o corpo da mulher e o monte branco de sal pareciam estar conectados, de uma forma natural, estranha e dolorosa.

Para fazer isso, os pés não devem ter machucados, pensou ela analisando a foto. Apenas se os dois pés estiverem completamente intactos é que se consegue deixá-los ali, naquela montanha de sal. Não importa o quão branca aquela luz brilhe, seu tom é sempre gelado.

Lua

No instante em que a lua se esconde atrás das nuvens, de repente, elas brilham frias e brancas. Quando nuvens cinzentas se misturam a elas, formam um maravilhoso padrão delicadamente mais escuro. Atrás do padrão cinza, ou lilás, ou azul-claro, há uma lua pálida escondida, com sua forma esférica ou semicircular, ou até mesmo tão delgada quanto uma linha.

A cada quinzena, quando ela olhava para a lua, enxergava o rosto de uma pessoa. Desde muito jovem, por mais que os adultos lhe explicassem, não conseguia ver as supostas figuras de dois coelhos e um pilão que diziam existir na lua. Só conseguia ver dois olhos que pareciam absortos em pensamento e a sombra de um nariz.

Em noites nas quais a lua aparecia particularmente grande, se não fechasse as cortinas das janelas, o luar permeava todos os cantos do apartamento. Ela anda de um lado para outro, à luz que transborda de um rosto branco e enorme imerso em pensamentos, e a imensa escuridão goteja de dois olhos muito pretos.

Cortinas de renda

Andando pelas ruas congeladas, ela olha em direção ao primeiro andar de um prédio. Uma cortina de renda fina cobre a janela. Seria por causa de algo branco e puro que tremula dentro de nós que ficamos comovidos toda vez que nos deparamos com objetos tão impecáveis assim?

Existem momentos em que as fronhas brancas e o edredom recém-lavados e secos parecem falar. Quando o algodão puro e branco toca na pele dela, é como se o tecido dissesse algo. Você é uma pessoa nobre. Seu sono é limpo, e o fato de você estar viva não é vergonha alguma. É estranho o consolo que ela recebe no estado entre sono e realidade, sentindo o toque suave do lençol de algodão puro.

Vapor da boca

Numa manhã fria, o primeiro vapor branco que escapa pelos lábios é a prova de que estamos vivos. É a prova de que nosso corpo está quente. O ar gelado corre para os pulmões escuros, esquenta com a temperatura do corpo e se torna um vapor branco de respiração. É um milagre espalhado no ar, nossa vida numa forma nítida e clara, branca com pontos de cinza.

Pássaros brancos

As gaivotas brancas estavam juntas na areia da praia no inverno. Eram em torno de vinte, talvez? As aves estavam sentadas, voltadas em direção ao sol a oeste que gradualmente se inclinava para o horizonte. Assistiam ao poente num frio de vinte graus negativos, não se moviam nem um centímetro, como se estivessem numa cerimônia silenciosa. Ela também parou de andar e olhou para o que elas estavam observando — uma fonte de luz pálida prestes a se tornar avermelhada. Fazia um frio de congelar os ossos, porém ela sabia que era graças ao calor dessa luz, precisamente, que seu corpo não havia congelado.

Num dia de verão, ela viu um grou enquanto caminhava à beira de um rio em Seul. O corpo inteiro do animal era branco, apenas suas patas eram vermelhas. Estava subindo numa rocha lisa, larga e plana para secá-las. Será que ele tinha consciência de que ela o observava? Talvez sim. Também devia saber que ela não o machucaria. Por isso, olhava tão indiferente para o outro lado, enquanto secava as patas vermelhas.

Ela não sabia dizer por que pássaros brancos lhe eram mais comoventes do que pássaros de outras cores. Por que eles despertavam a sensação de serem particularmente belos, elegantes e, às vezes, quase sagrados? Esporadicamente, ela sonha com um pássaro branco voando. Dentro do sonho, o animal está muito perto, tão perto como se fosse possível segurá-lo com a mão.

E sem fazer barulho, ele voa com a luz do sol irradiando sobre suas penas. Não importa o quão longe voe, não desaparece de vista. Eternamente visível, ele plana no ar. As duas asas ofuscantes bem abertas.

Como devemos receber a informação de que, naquela cidade, um pássaro branco pousou por uns instantes na cabeça dela e depois voou? Mergulhada em alguma preocupação, ela caminhava pelo parque e depois, seguindo a beira do pequeno córrego, penosamente voltando para casa. Num instante, algo enorme sentou-se de leve no topo da sua cabeça. Um par de asas se abriu quase tocando suas bochechas, cobrindo seu rosto, e, com o bater das asas, o animal alçou um voo alto e pousou no telhado de um prédio próximo, como se nada tivesse acontecido.

Lenço de bolso

Ela o avistou numa tarde de fim de verão quando caminhava na parte de baixo de um prédio residencial mais isolado. Uma mulher derrubou sem querer uma parte das roupas lavadas pelo parapeito da varanda do segundo andar. Um lenço de bolso foi o último e mais vagaroso item a cair. Como um pássaro com as asas semidobradas. Como uma alma hesitante, estudando o lugar em que iria pousar.

Via Láctea

Desde que o inverno chegou, quase todos os dias o tempo daquela cidade era nublado. Por isso, ela não conseguia mais ver as estrelas no céu noturno. A temperatura estava abaixo de zero. Num dia chovia, no dia seguinte nevava, e assim se repetia o padrão. A baixa pressão atmosférica lhe causava dores de cabeça. Os pássaros voavam muito baixo. A partir das três da tarde, o sol começava a se pôr, e às quatro estava tudo na mais completa escuridão.

Enquanto caminhava olhando para o céu escuro da tarde, que na sua terra natal era como o céu da meia-noite, ela pensou nas nebulosas. As milhares de estrelas que pareciam grãos de sal derramados simultaneamente sobre seus olhos nas noites em que esteve na casa da família no interior. As luzes límpidas e frias por um instante banharam seus olhos e a fizeram esquecer de tudo.

Sorrir brancamente

A expressão "sorrir brancamente" (provavelmente) só existe na língua materna dela. Um rosto que dá um sorriso distante, melancólico, com uma pureza fácil de arruinar. E o rosto que o forma.

"Você sorriu brancamente, sabe?"
Por exemplo, se usado assim, "você" é uma pessoa que forçou uma risada enquanto sofria de forma silenciosa.

"Ele sorriu brancamente."
Caso seja usado dessa maneira, (provavelmente) ele é uma pessoa que está tentando se desprender de algo dentro de si.

Magnólia-branca

Dois colegas da época de faculdade morreram em momentos próximos; um tinha vinte e quatro anos, o outro vinte e três. O primeiro num acidente no qual o ônibus capotou, e o segundo durante o treinamento militar. No começo da primavera do ano seguinte, os formandos da classe se uniram para levantar fundos, compraram duas mudas de magnólia-branca e as plantaram numa colina com vista para a sala de aula em que assistiam às aulas de literatura.

Vários anos depois, andando sob aquelas árvores ligadas à vida-regeração-revitalização, ela pensou: por que é que naquela época escolhemos magnólias-brancas? Será que foi porque as flores brancas estão ligadas à vida? Ou à morte? Ela leu que nas línguas indo-europeias as expressões *blank* (vazio), *blanc* (branco), *black* (preto) e *flame* (chama) têm a mesma etimologia. As chamas brancas queimando no escuro — não seria o desabrochar breve de duas magnólias-brancas em março?

Drágeas

Às vezes ela indaga, curiosa, sobre a própria vida, como se fosse a de outra pessoa, mas não o faz com pena de si mesma. Qual é o resultado da soma de todos os comprimidos que tomou desde a infância? Qual é o total de tempo que passou doente? Ela esteve doente muitas vezes, como se a própria vida quisesse impedir seu progresso. Como se uma força que interrompe seu avanço em direção ao lado da luz estivesse esperando dentro de seu corpo. Qual seria o resultado da soma de todo o tempo que perdeu em todas essas ocasiões em que ficou hesitante e confusa no caminho?

Cubo de açúcar

Ela estava com cerca de dez anos. A primeira vez que foi a um café estava acompanhada da sua tia mais nova. Essa também foi a primeira vez que viu cubos de açúcar. Os cubos embalados em papel branco tinham um formato perfeito, pareciam até perfeitos demais. Ela removeu com cuidado o papel e varreu com o dedo a superfície do cubo de açúcar branco. Despedaçou levemente um canto, tocou com a língua, mordiscou a superfície doce estonteante e, por fim, largou o cubo dentro de um copo d'água e observou o processo de dissolução.

Atualmente, ela não tem um apreço especial por doces, entretanto, às vezes, quando vê cubos de açúcar dispostos num prato, sente como se tivesse encontrado algo precioso. Existem certas memórias que não são danificadas pelo tempo. O mesmo vale para a dor. Não é verdade que o tempo e a dor tingem e destroem todas as coisas.

Luzes

Nesta cidade onde o inverno é particularmente severo, ela passa por uma noite de dezembro. Do lado de fora da janela está escuro, não há lua. Na pequena fábrica atrás do apartamento, uma dúzia de lâmpadas é deixada acesa a noite inteira, talvez por segurança. Ela observa os espaços isolados de luz que as lâmpadas criam de forma esparsa dentro da escuridão tão preta quanto piche. Desde que viera a esse lugar, ou melhor, mesmo antes de ter vindo, o sono dela não era profundo. Agora, mesmo que cochile por um instante, acorda com a janela escura como naquele momento. Se por sorte ela conseguisse acordar depois de um sono um pouco mais longo, veria a luz azulada da madrugada gradualmente transbordando de dentro da escuridão. Mesmo assim, aquelas luzes ainda continuariam congeladas, brancas, na clareza de sua imobilidade e isolamento.

Milhares de pontos prateados

Em noites como esta, o mar surge sem motivo.

O barco era tão pequeno que até mesmo a menor onda o balan-
çava com violência. Aos oito anos e sentindo medo, ela enco-
lheu os ombros. Não conseguindo manter abaixados a cabeça
e o peito, acabou prostrada no chão. Então, num momento,
milhares de pontos prateados surgiram do mar distante e pas-
saram por debaixo da embarcação. Imediatamente, ela se esqueceu do medo e, com um olhar vago, encarou aquele brilho
esmagador que se movia de maneira furiosa.

"Passou um cardume de anchovas."

Disse rindo seu tio mais novo, sentado alheio na popa do
barco. Ele, que tinha o rosto bronzeado e os cabelos ondula-
dos, sempre emaranhados, não passou dos quarenta. Seu al-
coolismo o levou deste mundo em dois anos.

Brilho

Por que as pessoas consideram preciosos os minerais que brilham, como a prata, o ouro e os diamantes? Segundo uma teoria, o brilho da água significava vida para humanos da Antiguidade. Água brilhante é água limpa. Só a água potável — a que dá vida — é transparente. Quando eles vagavam juntos pelos desertos, florestas, pântanos sujos, e detectavam uma superfície de água distante com um brilho branco, devem ter se enchido de um sentimento de alegria. Que era vida. Que era beleza.

Pedra branca

Há muito tempo, ela pegou uma pedrinha branca na praia. Removeu a areia, colocou-a no bolso da calça e, chegando em casa, guardou-a na gaveta. Era uma pedra redonda e lisa, desgastada pelas ondas. Pensou que fosse tão clara que pudesse ver seu interior, mas, na verdade, não era transparente a esse ponto (na realidade, era uma pedra branca comum). Às vezes, ela tirava a pedra do seu recanto e a pousava na palma da mão. Imaginava que, se pudesse condensar o silêncio no menor e mais sólido objeto, essa seria a sensação tátil.

Osso branco

Ela tirou um raio X do corpo inteiro por causa da dor. Um esqueleto branco e cinza na imagem Röntgen, como um mar cinza azulado. Ficou surpresa com o fato de que havia algo firme com as propriedades de uma pedra dentro do corpo humano, e que isso o sustentava.

Muito tempo antes, na época em que estava entrando na adolescência, ela era fascinada pelos vários nomes de ossos. Maléolo e rótula. Clavícula e costelas. Esterno e escápula. Curiosamente, parecia sorte o corpo humano não ser composto apenas de carne e músculos.

Areia

E ela muitas vezes esqueceu
    que seu corpo (o de todos nós) é uma casa de areia
    que se esfarelou e se esfarela
    que vai escorrendo entre os dedos.

Cabelo branco

Ela se lembra de um chefe de meia-idade que dizia querer encontrar uma antiga namorada quando o cabelo dela tivesse ficado branco, assim como as penas de um pássaro. *Quando formos muito velhos... Quando não restar um fio de cabelo que não seja branco, quero encontrá-la, sem dúvida.*

Se ele fosse encontrá-la novamente, seria nesse momento.
Sem a juventude nem o físico de antes.
Quando não haveria mais tempo para o desejo.
Só uma coisa restaria depois daquele encontro: uma separação que se completaria com a perda do corpo.

Nuvem

Naquele verão, nós vimos as nuvens passarem pelo campo em frente ao templo Unju, não foi? Estávamos agachados, observando o Buda entalhado na superfície de uma rocha plana. Sombras das enormes nuvens brancas e pretas avançavam velozes, lado a lado, no céu distante e na terra.

Lâmpada incandescente

Agora a escrivaninha dela está limpa. No lado esquerdo, uma lâmpada incandescente emite luz e calor de dentro de uma luminária branca.

Tudo está calmo.

Pela janela em que as persianas não foram abaixadas, é possível ver os faróis dos carros na via tranquila depois da meia-noite.

Ela está sentada em frente à escrivaninha como alguém que nunca sofreu.

Não igual a alguém que acabara de chorar ou que estava prestes a isso.

Como alguém que nunca foi despedaçada.

Como se nunca tivesse havido um tempo em que o único conforto era o fato de que não podemos carregar a eternidade.

Noite branca

Ao chegar àquela cidade, ouviu: Na parte setentrional da Noruega existe uma ilha habitada. No verão, o sol permanece vinte e quatro horas por dia no céu; no inverno, a noite dura vinte e quatro horas. Ela refletiu sobre como seria morar num lugar tão extremo assim. Agora o tempo que passa na cidade onde está seria considerado como uma noite branca ou um dia escuro? A velha dor ainda não se esvaziara por completo, e a nova dor ainda não se expandira por inteiro. Os dias que não se tornaram totalmente luz ou escuridão são cheios de memórias do passado. A única coisa sobre a qual não se pode pensar são as memórias do futuro. Uma luz amorfa diante do seu presente oscila como o gás de um elemento desconhecido.

Ilha de luz

No instante em que ela subiu no palco, uma luz forte foi do teto até embaixo e a iluminou. Então, todo o espaço, exceto o palco, tornou-se um mar negro. Não dava para sentir se havia alguém na plateia. Ela mergulhou em confusão. Deveria descer com passos vacilantes até aquele lugar escuro que parecia o fundo do mar, ou deveria aguentar mais naquela ilha de luz?

O verso branco do papel fino

Toda vez que ela se recuperava, seu sentimento quanto à vida se tornava frio. Era fraco demais chamar de "amargura", mas, de alguma forma, forte demais chamar de "rancor". Era como se aquela pessoa que a cobria todas as noites e lhe dava um beijo na testa a tivesse expulsado de casa de novo no frio. Era o sentimento de perceber mais uma vez, e dolorosamente, que havia aquela natureza fria do outro.

Quando ela se olhou no espelho, achou estranho ver seu próprio rosto.

Porque não se esquecia de que, assim como a parte de trás branca de um papel fino, atrás do seu rosto era possível vislumbrar a morte.

Voltar a amar a vida toda vez demandava um processo longo e complicado, da mesma forma que conseguir não amar a pessoa que a descartara.

Pois você com certeza irá me abandonar um dia.

Quando eu estiver no meu estado mais fraco e precisar de ajuda, vai virar as costas para mim, de forma irremediável e fria.

Eu sei disso com muita certeza.

Não posso voltar para o tempo em que não sabia.

Dispersando

Antes de escurecer, a neve aquosa caiu. Derreteu assim que encostou na calçada; foi uma neve que passou logo, como um simples aguaceiro.

A velha cidade cinza num instante foi apagada pela brancura. Os pedestres, sobrepostos pelos seus próprios tempos surrados, adentravam o espaço que de repente se tornou surreal. Ela também andou sem parar. Passando por uma beleza que desapareceria — que estava desaparecendo. Em silêncio.

Para a serenidade

Quando o dia de partir daquele lugar se aproximava, existiriam palavras que ela gostaria de dizer para a tranquilidade da casa onde não tinha mais permissão de morar.

Quando acaba a noite que parecia nunca terminar e a janela sem cortinas a nordeste deixa entrar o crepúsculo azul escuro,

quando os álamos que dão as costas ao céu azul-marinho revelam aos poucos sua forma pura,

há algo que ela vai querer dizer para a serenidade da madrugada de domingo, quando nenhum morador do prédio em que mora de aluguel saiu de casa.

Por favor, continue um pouco mais assim.

Ainda não consegui me limpar totalmente.

Limite

Ela cresceu dentro dessa história.

Ela nasceu com sete meses. Sem nenhum tipo de preparo, sua mãe de vinte e dois anos sentiu as contrações. Foi o dia em que a primeira geada apareceu repentinamente. Não havia ninguém em casa além da mãe. A recém-nascida chorou um choro fino apenas por um segundo e logo ficou em silêncio. A mãe vestiu a roupa de recém-nascido naquele corpo pequenino ensanguentado e, cuidando para não cobrir o rosto, o envolveu num cobertor de algodão. Quando a bebê foi mamar no peito vazio, instintivamente começou a sugá-lo fraquinho e logo parou. Deitada na parte mais quente do chão aquecido, a bebê não chorou mais, tampouco abriu os olhos. De tempos em tempos a mãe era tomada de um pressentimento medonho, e toda vez que sacudia um pouco o cobertor, a recém-nascida abria os olhos, mas eles em seguida ficavam turvos e se fechavam. Até o ponto em que ela não reagia nem mesmo ao ser balançada. Entretanto, antes da madrugada, quando o leite finalmente começou a sair do peito da mãe e a bebê pressionou os lábios, foi uma surpresa que ela ainda estivesse respirando. Num estado inconsciente, a bebê mordeu o mamilo com os lábios e engoliu aos poucos o líquido. E foi engolindo cada vez mais. Continuava com os olhos fechados. Sem saber qual era o limite que estava cruzando naquele momento.

Plantação de caniço

Ela entra na plantação de caniço coberta pela neve que caíra durante a noite. Afastou um a um, os caniços brancos e finos, dobrados depois de terem suportado o peso da neve. Um casal de patos selvagens vivia num pequeno brejo rodeado pelas plantas. No centro, onde o gelo fino se encontra com a superfície azul acinzentada que ainda não havia congelado, os animais bebem água lado a lado, abaixando o pescoço.

Antes de dar as costas para eles, ela se perguntou:
Você quer avançar?
Vale a pena?

Houve momentos em que ela respondeu tremendo, e para si mesma, que não.
Agora, caminha adiando a resposta. Deixa aquele brejo meio congelado, entre a monotonia e a beleza.

Borboleta branca

Talvez ela percebesse que fez uma curva se a vida não se estendesse numa linha reta. Talvez isso trouxesse a percepção de que ela entrou numa nova condição na qual, mesmo que dê uma olhadela para trás, não poderia enxergar certas experiências. Pode ser que aquele caminho não esteja coberto de neve ou geada, mas, ao contrário disso, de uma grama de primavera verde amarelada, suave e perseverante. Pode ser que uma borboleta branca, agitando-se e voando, chame a atenção dela e a leve a dar alguns passos adiante, seguindo aquele bater de asas. Só então, talvez, ela se dê conta de que todas as árvores ao redor se reanimam como se estivessem aprisionadas por algo, exalando um aroma desconhecido e sufocante, queimando numa proliferação ainda mais exuberante, no ar, em direção à luz.

Espírito

Se espíritos existissem, pensou ela, seus movimentos invisíveis se assemelhariam aos da borboleta.

Então, as almas desta cidade às vezes flutuariam em frente ao muro onde foram fuziladas, movimentando-se silenciosamente e permaneceriam lá? Entretanto, ela sabia que as pessoas da cidade não acendiam velas e ofereciam flores diante do muro apenas para os espíritos. Elas acreditavam que não era vergonha alguma ter sido massacrado. Queriam estender o luto que sentiam o maior tempo possível.

Ela pensou nos acontecimentos que ocorreram no seu país de origem, o país que havia deixado, e também no luto insuficiente pelos mortos. Pensou sobre a possibilidade dessas almas serem homenageadas num lugar como aquele, no meio da rua, e se deu conta de que seu país de origem nunca havia feito isso adequadamente.

E, menos importante do que isso, ela soube o que havia se perdido no seu processo de reconstrução. Claro, seu corpo ainda não estava morto. Sua alma ainda habitava a carne. Parece com a parte do muro de tijolos que não foi totalmente destruída pelo bombardeio e permanece na frente do novo edifício — ruínas de onde o sangue foi limpo. Corpo que não é mais jovem.

Ela chegou até ali imitando o andar de alguém que nunca fora destroçado. Cada lugar que não tinha sido costurado estava coberto por um véu limpo. Deixando de fora a separação e o luto. Se ela acreditasse que nunca esteve destruída, então poderia acreditar que não mais seria destruída.

Então, restam algumas coisas para ela:

Parar de mentir.

(Abrir os olhos e) remover o véu.

Acender uma vela para todos os mortos e espíritos de que se lembrar — incluindo os seus.

Arroz cru e arroz cozido

Ela caminha sem parar apenas para comprar arroz e água para o jantar. Não é fácil encontrar arroz glutinoso naquela cidade. Apenas grandes supermercados vendem arroz espanhol em pequenos sacos plásticos de quinhentos gramas. Depois de comprar arroz branco, ele permanece quieto dentro da bolsa enquanto ela caminha de volta para casa. O vapor branco sobe da panela que acabou de ficar pronta e ela se senta ali em frente como se estivesse rezando. Naquele momento, não pode evitar os sentimentos. É impossível negá-los.

Toda a brancura

Um ano depois de ter perdido sua primeira filha, minha mãe deu à luz seu segundo bebê, um menino prematuro. Contaram-me que ele completou menos tempo do que a primeira bebê. Nasceu e logo em seguida morreu, sem nem abrir os olhos. Se essas vidas tivessem superado o momento de crise em segurança e resistido, meu nascimento depois de três anos e o do meu irmão, quatro anos após o meu, não teriam ocorrido. Minha mãe não afagaria essas memórias despedaçadas até momentos antes da sua morte.

Então, se você ainda estivesse viva, eu não deveria estar vivendo agora.

E, se eu estou viva agora, você não deve existir.

Somente entre a escuridão e a luz, nessa lacuna azulada, nós conseguimos nos olhar, cara a cara.

Seus olhos

Enxerguei diferente quando vi pelos seus olhos. Andei diferente quando caminhei com seu corpo. Queria lhe mostrar coisas limpas. Antes da crueldade, da tristeza, do desespero, da sujeira e do sofrimento, primeiro coisas limpas que eram apenas para você. No entanto, não funcionou como planejado. Com frequência, eu olhava nos seus olhos como se procurasse uma forma dentro de um espelho profundo e escuro.

Se ao menos naquela época nós morássemos na cidade, e não naquela casa isolada. Disse-me minha mãe enquanto eu crescia. Se ao menos uma ambulância pudesse ter nos levado ao hospital. Se ao menos tivessem posto aquela bebê que parecia um bolinho de arroz em forma de lua numa incubadora, aparelho recém-introduzido na época.

Se ao menos você não tivesse parado de respirar. E, portanto, se lhe fosse concedido viver até hoje no meu lugar. Eu que, então, não teria nascido. Se lhe fosse concedido seguir em frente com toda a sua força, seus olhos e seu corpo, dando as costas para aquele espelho obscuro.

Sudário

"O que você fez como ela, com a bebê?"

Perguntei pela primeira vez ao meu pai, certa noite, na época eu tinha por volta de vinte anos, e meu pai ainda não havia chegado aos cinquenta. Ele ficou em silêncio por um instante antes de responder.

Eu a embrulhei em camadas de tecido branco, levei-a para a montanha e a enterrei.

"Sozinho?"

"Isso, sozinho."

A roupinha de recém-nascido se tornou um sudário. O cueiro se tornou um caixão.

Depois que meu pai foi dormir, parei no caminho para beber água e endireitei os ombros, que estavam rígidos e curvados. Pressionando a boca do estômago, inspirei.

Irmã mais velha

Quando criança, eu pensava em como seria ter uma irmã mais velha. Uma irmã sem dúvida um palmo mais alta do que eu. Que passaria para mim um suéter com algumas bolinhas e um sapato de couro envernizado um pouco gasto.

Uma irmã que vestiria um casaco e iria até a farmácia quando nossa mãe estivesse doente. *Shiu, tem que andar fazendo silêncio.* Uma irmã que me chamaria a atenção pondo o dedo indicador nos lábios. *Isso é muito fácil, pensa de um jeito mais simples.* Uma irmã que escreveria uma equação no espaço em branco da minha lição de matemática. Ela franziria a testa enquanto fazia um cálculo rápido mentalmente.

Uma irmã que me mandaria sentar quando eu estivesse com um espinho fincado na sola do pé. Que traria a luminária para ver meu pé e extrairia com cuidado o espinho com uma agulha que teria esterilizado nas chamas do fogão a gás.

Uma irmã que viria até mim quando eu estivesse agachada no escuro. *Para com isso, foi um mal-entendido.* E me daria um abraço curto e desajeitado. *Por favor, acorda. Vamos comer.* Uma mão fria relaria meu rosto. Seus ombros rapidamente escapariam dos meus.

Como algumas palavras
escritas num papel branco

As marcas de meu sapato preto estavam impressas na neve da madrugada que cobria a calçada.

Como algumas palavras escritas num papel branco.

A Seul de onde parti no verão estava congelada.

Logo que olhei para trás, as pegadas de sapato estavam novamente sendo cobertas de neve.

Estavam se tornando brancas.

Traje de luto branco

Aqueles que irão se casar devem presentear roupas aos pais um do outro. Roupas de seda para os vivos, trajes de luto brancas para os mortos.

"Vamos juntos, né?" — meu irmão me perguntou ao telefone. "Eu esperei até você voltar, irmã."

A noiva do meu irmão preparou a saia e a jaqueta brancas de algodão e eu as depositei em cima de uma rocha. Era um espaço com mato abaixo do templo onde todas as manhãs o nome da nossa mãe era chamado depois dos sutras. Logo que acendi o isqueiro que meu irmão me dera, perto da manga da roupa, uma fumaça azul subiu. Será que realmente acreditamos que, se uma roupa branca se misturar com o ar, um espírito a vestirá?

Fumaça

De boca fechada, observamos insistentemente. Uma fumaça gigantesca, cinza, parecida com uma asa se dissipava no ar. Estava desaparecendo. Eu vi o fogo que havia consumido a jaqueta queimar a saia num segundo. Pensei em você quando a última tira de roupa foi sugada pelas chamas. Você, se puder vir, venha agora. Vista essas roupas feitas de fumaça como se fossem asas. No lugar de palavras, nosso silêncio se dilui nessa fumaça. Nós o sorvemos como se fosse um remédio acre, ou um chá amargo.

Silêncio

Ao final de um dia longo, o silêncio é necessário. Assim como se faz sem perceber em frente ao fogo, é o tempo de esticar as mãos duras em direção ao ligeiro calor do silêncio.

Dente de baixo

A pronúncia de irmã mais velha (*eonni*) me faz lembrar a de dente inferior (*araenni*) dos bebês. Dois dentinhos na gengiva delicada do meu filho, que nasceram como se fossem as primeiras folhas.

Agora meu filho já está totalmente crescido, não é mais um bebê. Depois de cobrir esse menino de treze anos até o pescoço, escuto por um momento o som da sua respiração e volto para minha mesa vazia.

Despedida

Não morra. Por favor, não morra.

Abro a boca e murmuro as palavras que você desconhecia e ouviu quando abriu os olhos negros. Escrevo com força na folha branca. Acredito que essa seja a melhor forma de dizer adeus. Não morra. *Viva.*

Toda a brancura

Com seus olhos, verei a parte mais interna, branca e clara de uma acelga, onde estão escondidas as folhas mais jovens e preciosas.

Verei o frio da meia-lua durante o dia.

E algum dia, as geleiras. Olharei para o enorme gelo, cada uma das suas curvas angulares em tom azulado. Algo que nunca foi vivo, parecendo ainda mais sagrado.

Verei você no silêncio do bosque de bétulas. Na imobilidade da janela pela qual o sol de inverno penetra. No pó brilhante, balançando ao longo do feixe luminoso no teto oblíquo.

Dentro desse branco, de todas as coisas brancas, respirarei o último suspiro que você deu.

Palavras da autora

Em abril de 2016, quando a editora me perguntou se eu não iria escrever as "palavras da autora" que viriam no final deste livro, respondi que não. Lembro-me de rir dizendo que o livro por inteiro seriam as palavras da autora. Agora, depois de dois anos, preparo a versão revisada e, pela primeira vez, reflito sobre quais palavras eu discretamente gostaria de escrever — ou poderia escrever.

Foi no verão de 2013 que conheci a tradutora polonesa Justyna Najbar. Seus cabelos eram curtos como os de um menino, ela vestia uma saia longa de cor sóbria, seus olhos eram profundos e, de alguma maneira, Justyna parecia ser uma pessoa triste. Então, depois de uma conversa complexa sobre algumas frases de meu romance que ela estava traduzindo, Justyna me perguntou com uma expressão séria:

"Se eu te convidar para ir a Varsóvia no ano que vem, você vai?" Sem pensar muito, respondi que sim. Como estávamos mais ou menos na época em que terminei o primeiro rascunho de *Atos humanos*, achei que seria bom descansar depois que o livro fosse publicado.

Enquanto me esquecia daquele breve encontro, antes que percebesse, o próximo ano havia chegado. Finalmente, em maio, *Atos humanos* foi publicado, e eu solicitei minhas férias para cumprir o que havia prometido à tradutora. A partir do começo do verão, fui arrumando minhas malas, e as pessoas próximas me perguntavam:

"Você disse que queria descansar, então por que é que vai para um lugar tão frio e escuro?" Eu não conseguia explicar direito que aquele era o único lugar a que haviam me convidado para ir naquela época e, ainda que fosse o polo Sul ou o polo Norte, eu iria.

Então, finalmente, chegou o fim de agosto. Eu, junto de meu filho, que tinha catorze anos, carregamos nossas respectivas malas de viagem e, com as mochilas nas costas, embarcamos no avião. Como era, além de tudo, a primeira viagem na vida que precisei organizar a sós com meu filho, me senti perdida como se fosse adentrar um nó gigante que não podia ser visto nem tocado.

No primeiro mês, fiquei atolada de coisas para resolver. Aluguei um apartamento no quinto andar, de onde podiam ser vistas as copas brilhantes de dois álamos. Matriculei meu filho numa escola internacional por um semestre; tirei fotos 3×4 e pedi um cartão de transporte; contratei um plano de celular. Também fui atrás de itens que não havia podido trazer na bagagem por conta do volume: panela, frigideira, tábua de corte, edredom, cobertor, entre outros. Todos os dias ia até o shopping próximo de casa, fazia as compras e as levava numa mala de viagem. De manhã, eu passava a camisa branca do uniforme escolar de meu filho, preparava a refeição e montava a lancheira, punha a mochila no ombro dele junto da mala de ginástica e, então, acompanhava pela janela a figura de suas costas seguindo o caminho que beirava o rio, até que ele desaparecesse. Às sextas-feiras, encontrava Justyna e aprendia polonês básico com ela. Em troca, ensinei-lhe ideogramas chineses. Ela lecionava religião coreana na Universidade de Varsóvia e escolhi para ela, como material didático, o livro *Age com determinação e cultiva a ascese*, do monge Wonhyo. "Mesmo que alimentemos nossos corpos com o que há de mais doce e cuidemos deles com amor, inevitavelmente eles irão ruir. E mesmo que os embrulhemos finamente com seda, nossa vida tem um fim." Metade do dia passava voando, enquanto eu procurava com antecedência os caracteres chineses que não conhecia e preparava a aula.

Depois do primeiro mês de adaptação, passei a sentir uma tranquilidade incomparável à que sentia quando morava em Seul. Andar e andar mais um pouco — olhando em retrospectiva, parece que quase tudo que fiz em Varsóvia foi isso. Toda vez que tinha um tempinho de folga, eu passeava pelos arredores do apartamento, em volta do rio. Já peguei um ônibus aleatoriamente, desci na parte antiga da cidade e vaguei pelos becos. Também já caminhei sem rumo pelos trajetos dentro da floresta do parque Łazienki. Enquanto caminhava, pensei no "livro branco" que queria escrever antes de deixar a Coreia.

Em minha língua materna, existem dois adjetivos que se referem à cor branca: *hayan* e *hwin*. Diferente de *hayan*, que tem um sentido puro e limpo como algodão-doce, *hwin* é permeado pela ideia de vida e morte. O que eu queria escrever era o livro branco *hwin*. O início do livro deveria falar sobre a primeira bebê de minha mãe. Pensei nisso um dia enquanto caminhava. Aos vinte e dois anos, minha mãe deu à luz sozinha e murmurou repetidamente "Por favor, não morra" durante duas horas até que a recém-nascida desse seu último suspiro. Certo dia, à tarde, quando caminhava em volta do rio e mantinha essas palavras em minha boca, percebi, de súbito, que a frase era estranhamente familiar. É exatamente igual às palavras ditas por Sunjoo, uma sobrevivente de tortura militar, para a amiga Sunghee, que lutava contra uma doença, no Capítulo 5 de minha obra *Atos humanos*, que editei até os últimos momentos, durante a revisão, há alguns meses. *Não morra.*

Mais ou menos no fim de outubro, fui sozinha visitar o Museu do Levante de Varsóvia, por recomendação de Justyna. Depois de ver a exposição, entrei no teatro anexo e vi as imagens da cidade registradas por uma aeronave militar americana.

O avião se aproximou da cidade aos poucos, e a paisagem coberta de uma neve acinzentada foi ficando mais nítida. Entretanto, aquilo não era neve. Depois do levante civil de setembro de 1944, Hitler ordenou que aquela cidade fosse aniquilada para servir como modelo. Assisti prendendo a respiração às imagens daquela cidade de setenta anos atrás, quando mais de 95% dos edifícios haviam sido destruídos pelo bombardeio, e os destroços cinza dos edifícios brancos se espalharam por toda parte. Foi aí que descobri que aquele lugar, onde estava vivendo temporariamente, era uma cidade *hwin*. Naquele dia, voltando para casa, fiquei imaginando uma pessoa. Uma pessoa que foi destruída, mas persistentemente reconstruída. Seu destino se assemelhava ao daquela cidade. Eu estava começando a escrever este livro quando me dei conta de que essa pessoa era minha irmã mais velha, e que eu só poderia revivê--la emprestando-lhe minha vida e meu corpo.

Eu me lembro. Como tínhamos uma única chave do apartamento, eu precisava estar de volta em casa primeiro, entre cinco e cinco e meia, horário em que meu filho voltava da escola. Até esse horário, ficava pensando no livro enquanto andava pela rua. Se algo me vinha à mente, eu parava em pé na rua e anotava num caderninho. À noite, quando meu filho caía no sono no único quarto do apartamento, eu me sentava à mesa de jantar, ou me enrolava num cobertor no sofá da sala, e escrevia linha por linha.

Assim, escrevi a primeira e a segunda partes deste livro naquela cidade, e encerrei a terceira parte quando voltei a Seul. No ano seguinte, voltei ao início do texto e o lapidei devagar. Solidão, silêncio e coragem. Essas eram as coisas que o livro me inspirava, como se fossem um sopro. Como eu quis e ousei emprestar minha existência à minha irmã mais velha (bebê), tive de pensar na vida, mais do que qualquer outra coisa. Como quis dar a ela um corpo por onde fluía sangue quente, tive de olhar com carinho, todo o tempo, para o fato de que nós vivemos em nossos corpos quentes — não havia outra escolha sem ser a do carinho. Tive de acreditar na parte de dentro de nós que não foi partida, comprometida nem maculada de nenhuma forma — não havia outra escolha sem ser acreditar.

Talvez eu ainda esteja ligada a este livro. Penso nas coisas brancas que eu queria te dar, nos momentos de oscilação, de fissura e de destruição. Nunca acreditei em Deus; por isso, apenas esses momentos se tornaram orações desesperadas.

Faço uma saudação impossível e silenciosa aos meus pais jovens, que estão no início deste livro, no outono de 1966. Agradeço ao meu menino e seu dever filial do outono de 2014, que, sabendo que eu estava escrevendo um livro sobre coisas brancas, costumava me contar sobre as coisas brancas que havia visto no dia, quando voltava da escola. Agradeço imensamente à editora e poeta Kim Min Jeong por defender este livro.

Han Kang
Primavera de 2018

흰 © Han Kang, 2016

Todos os direitos desta edição reservados à Todavia.

Este livro foi publicado com o apoio do Instituto de
Tradução de Literatura da Coreia (LTI Korea).

Grafia atualizada segundo o Acordo Ortográfico da Língua
Portuguesa de 1990, que entrou em vigor no Brasil em 2009.

Fotos do miolo: Douglas Seok
© Han Kang, 2018
Reproduzidas com permissão de Han Kang, representada
por Rogers, Coleridge & White Ltd.

capa
Marcelo Delamanha
tratamento de imagens
Carlos Mesquita
composição
Lívia Takemura
preparação
Silvia Massimini Felix
revisão
Huendel Viana
Gabriela Rocha

2ª reimpressão, 2024

Dados Internacionais de Catalogação na Publicação (CIP)

Kang, Han (1970-)
O livro branco / Han Kang ; tradução Natália T. M.
Okabayashi. — 1. ed. — São Paulo : Todavia, 2023.

Título original: 흰
ISBN 978-65-5692-530-1

1. Literatura coreana. 2. Romance. 3. Ficção
contemporânea. I. Okabayashi, Natália T. M. II. Título.

CDD 895.7

Índice para catálogo sistemático:
1. Literatura coreana : Romance 895.7

Bruna Heller — Bibliotecária — CRB 10/2348

todavia
Rua Luís Anhaia, 44
05433.020 São Paulo SP
T. 55 11 3094 0500
www.todavialivros.com.br

fonte
Register*
papel
Pólen natural 80 g/m²
impressão
Geográfica